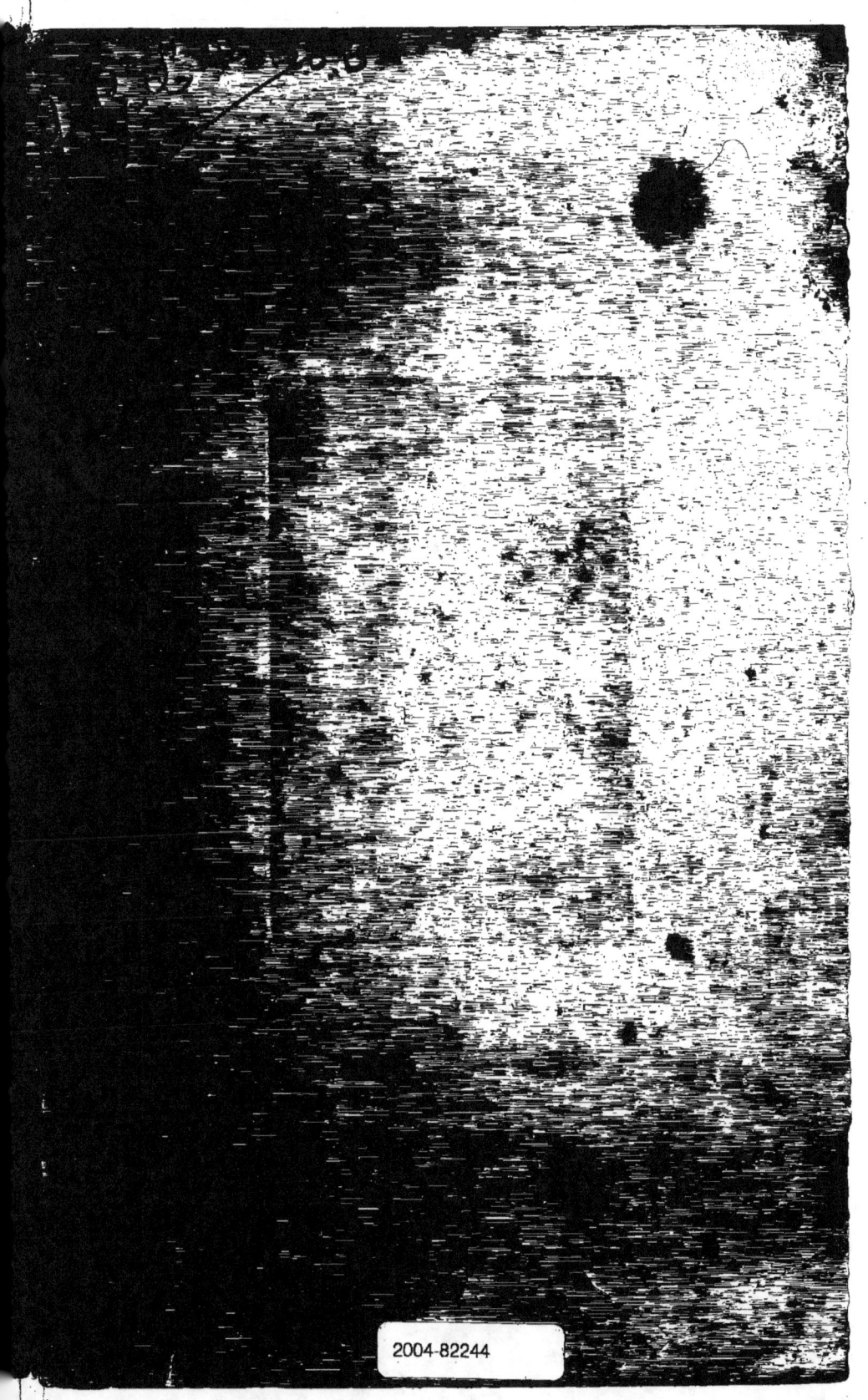

Besnard 1916

Camille VIOLAND

Il est une vertu particulière à cette guerre, qui donne un sens à la mort de tant des nôtres parmi les meilleurs, c'est une sorte *d'acceptation mystique du sacrifice*, consenti, presque désiré. C'est avec l'esprit de cette acceptation totale qu'avaient été écrites au général Violand par son fils ces paroles d'adieu :

« Si cette lettre vous arrive, c'est que vous aurez eu l'honneur d'avoir votre fils tué à l'ennemi... Si je meurs, sachez que je mourrai content, sans regret, fier d'avoir mêlé mon sang à celui que tant de héros répandirent avant moi, pour que notre France soit plus belle et plus respectée...

« Je mourrai, si Dieu veut en bon chrétien, en bon Français. Ma dernière pensée ira vers maman que j'aurai rejointe, vers vous, mon cher papa, qui êtes courageux, vers ma pauvre petite fiancée [1], mais je veux que mon dernier souffle soit pour dire :

« Vive la France !... »

***

Le lieutenant Camille Violand tient par beaucoup de points à notre région, puisqu'il a passé la plus grande partie de sa jeunesse à Alençon et que lui, le fils d'Alsacien, ballotté de garnison en garnison, a aimé se dire alençonnais : Aussi, en octobre 1915, une double demande arrivait au

---

1. M⁻ Marie L..., infirmière major dans la zone des armées.

Conseil municipal d'Alençon [1], l'une émanait de la Société historique et archéologique de l'Orne, l'autre était une pétition des habitants du quartier, tendant à nommer « *Rue du Lieutenant Camille Violand, 1891-1915* », la rue dite de « l'Emulation », où avait habité celui qui devait devenir un héros. A l'unanimité, le Conseil adopta ce double vœu, et en donnant droit de cité à Camille Violand, il ratifiait les termes de la pétition... « son père étant Alsacien, ceux qui sont originaires des provinces perdues, qui seront bientôt françaises, sont doublement les nôtres, car ils ont été trop longtemps sans foyer... »

Camille Violand, né le 13 avril 1891 à Lyon, où son père, alsacien de Colmar, était officier, passe son enfance en Algérie dans des garnisons successives. Dans son esprit amoureux de la belle lumière crue et de larges espaces, libre des contraintes sociales des villes grises de France, l'Algérie laisse une trace profonde. Son père, nommé commandant au 14e hussards, à Alençon, l'enfant, brusquement transplanté à treize ans, souffre au début de cette vie étroite, un peu mesquine de nos petites villes de province. Très sensible, d'un tempérament d'une extrême délicatesse, il se réfugie en lui-même, élevé avec tendresse par une mère qui évite tout froissement à cette âme sensitive.

Ses études de sciences au Lycée d'Alençon sont faites avec répugnance, car tout le porte vers les lettres ; en Première (c'est de là que datait notre liaison), il a le prix d'honneur de composition française, un an après, le prix d'honneur de philosophie.

A ce moment, ayant découvert le charme ténu de cette vie simple, tranquille et studieuse et s'y étant créé des liens de solide amitié, il vient à peine de s'acclimater à Alençon, qu'il lui faut partir pour une nouvelle garnison, Vouziers.

Là, totalement dépaysé, son âme d'artiste vit sur ses souvenirs, ses affections, les lumineuses visions des vacances

---

1. On demandait au Conseil municipal de donner par la même décision le nom du capitaine Aveline, une des premières victimes de la guerre, mort glorieusement en Alsace, à la rue de l'Ecole, nommée maintenant « rue du Capitaine Charles-Aveline. »

passées dans le Rouergue, au milieu de la famille de sa mère. Il oublie d'ailleurs tous ses regrets dans un travail acharné.

Voulant arriver à la licence de lettres, l'ancien élève de première-sciences, en même temps que son droit, travaille le baccalauréat latin-grec et après dix mois seulement passe brillamment ce nouvel examen. Il prépare ensuite, d'abord à Vouziers, puis à Paris, ses licences de droit et de lettres et le service militaire le prend au moment où il est licencié en droit.

Pendant ses trois années d'étudiant, il a aussi travaillé pour lui, s'étant seulement soumis à l'étroite discipline des examens pour modeler son esprit, voulant ajouter à une certaine facilité naturelle l'acquis stable d'un travail parfois aride. Tantôt il fait quelque recherche littéraire, tantôt compose rapidement quelque pièce de vers, exhalant soit une tristesse un peu romantique, soit un enthousiasme tout méridional : âme complexe qui cherchait sa route.

> Ami, je chante ainsi qu'on chante à dix-neuf ans,
> Quand l'âme est encor pure et le corps encor chaste,
> Quand on croit que la vie est ainsi qu'un roman,
> Quand l'amour se dévoile au cœur enthousiaste...

Et cependant, peu à peu, il se reprend et dans un moment d'expansion, écrivait : « ...Je prends conscience de mes 20 ans..., ces tristesses découragées qui paralysaient en moi tout effort, aussitôt qu'esquissé, sont déjà presque fondues ; je sens renaître en moi une certaine confiance en soi, dont je m'étais depuis longtemps déshabitué... Je commence à voir s'éclaircir ma vie, une belle étendue est offerte à mon activité, attrayante, lumineuse et je hurle de joie en m'élançant dans cet avenir très incertain, très flou encore, mais que je commence à sentir vraiment entre mes mains, comme une réalité et non comme une fleur triste de rêves sans cesse ressassés... [1] »

Une foi tenace avait sauvé cet esprit effrayé de l'immense

---

1. Lettre à Henri Besnard, Vouziers, 20 février 1912.

disproportion, disait-il, qu'il croyait sentir entre lui et son idéal trop haut, ainsi l'élan qui devait l'enlever plus tard pour de grandes choses lui faisait dire : « ...Dans mon idéal, dans ma foi en Dieu, dans ma conscience, je puiserai la force de vaincre les difficultés qui — je ne m'illusionne pas — m'attendent nombreuses. Et si je meurs avant d'avoir accompli ma tâche, ce sera du moins en luttant ! [1] »

C'est dans cet esprit de lutte qu'en un beau sursaut d'indignation, il protestait dans une lettre rendue publique contre la prétendue désagrégation de la famille française : « ...Quant à conclure de ces constatations que la famille française, la vraie, avec ses traditions, son unité, son honneur, est près de mourir, halte-là, Monsieur, vous anticipez sur la jeune génération, fille de la vôtre, mais lui ressemblant bien peu, et j'ose, moi qui suis des nouveaux, qui sais que beaucoup partagent mes idées, j'ose venir protester bien haut contre cette « *évolution* » dont vous nous faites l'injure de croire que nous accepterions d'être les acteurs... La jeunesse ne comprendrait pas vos paroles, parce que cette jeunesse a souffert, souffert de vos fautes, et de vos erreurs et que ce qui l'a sauvée, c'est l'instinct idéaliste... Nous attendons avec une impatience toute juvénile le moment de construire suivant les vieilles traditions, là où vous, vous n'avez su qu'ébranler ce qui existait. [2] » Voilà une indignation qui réjouissait le cœur.

C'est avec tous ces enthousiasmes, cette ferme volonté de faire rentrer les mœurs, le génie français dans le cadre de la tradition en restaurant à sa vraie place l'idéal religieux, qu'il se lance seul dans la vie d'étudiant, ainsi bien armé et triplement cuirassé. Au cours de son séjour à Paris, il fréquente des écrivains, assiste à des réunions de petits cercles littéraires, fait de temps à autre un peu de journalisme pendant le peu de loisirs que lui laisse son labeur de faculté ; il se lie même avec M. Henry Bordeaux, qui

---

1. Lettre à Henri Besnard, Salgues, 5 septembre 1912.

2. Lettre ouverte à Paul Margueritte, publiée dans un grand journal du matin.

l'accueille avec une rare bienveillance et devait consacrer à sa mémoire des pages émues dans un de ses livres de guerre.

Le service militaire et la perte cruelle d'une mère vénérée allaient marquer le tournant d'une évolution plus nette vers une affirmation de sa personnalité, le jeune homme, qui se cherche, qui hésite, qui se plaint de n'avoir pas encore trouvé la voie vers son idéal imprécis, se renouvelle dans la souffrance et le labeur physique. Profondément religieux, il sent l'utilité de l'ordre, de la discipline, de l'action, il veut « *servir* » et devenir un chef. Aussi travaille-t-il son esprit et son cœur, afin d'acquérir le plus possible pour être plus digne de tenir une place dans l'ordre social. Il a enfin trouvé la voie qui donnera l'unité à ses efforts, à son action.

Au moment où il revêt l'uniforme, ses projets d'avenir sont vastes, il pense, après le service militaire, terminer sa licence de lettres, préparer également le doctorat en droit et l'Ecole des sciences politiques ayant comme objectif le Conseil d'Etat, carrière, pensait-il, qui devait lui permettre de consacrer une partie de son temps à la littérature.

Il fait à Saint-Mihiel, puis à Saint-Omer, sa première année de soldat, dans la constante tension d'un service intensif, aiguillonné déjà par des bruits d'une guerre imminente, et l'on retrouve dans ses lettres l'idée toujours noble du rôle qui incombe à ceux qui veulent être l'élite. C'est avec la double pensée de la guerre qu'il sentait proche et de son devoir qu'il veut être officier de réserve, aussi à la fin de 1913, il est envoyé comme élève-officier à Amiens.

« Si je ne considérais que je suis à même de rendre plus de services comme officier que comme sous-officier, j'aurais déjà tout lâché... Le métier militaire pour celui qui a le cœur un peu haut, comporte des responsabilités écrasantes au cas toujours à prévoir de la guerre. Le gradé, l'officier que je serai ce soir, si une tension politique survenait ce matin, peut envoyer à une mort certaine, sur un de ses gestes, ses hommes..., il est terrible de penser qu'on dispose ainsi de vies humaines. C'est ce qui fait la noblesse de l'officier en campagne, ce qui exige de sa part une réelle force de caractère, dont bien peu, il faut l'avouer, se rendent exactement compte... La responsabilité dont je m'effraie en pensant qu'elle peut peser sur moi, qu'elle pèsera certainement un jour sur moi (car je considère la guerre comme à peu près certaine à bref délai) cette responsabilité n'aura aucune sanction personnelle : la sanction sera le deuil de familles que mon incompétence aura provoquée. Voilà pourquoi je reste ici et j'y travaille et je supporte un régime auquel en toute autre circonstance je ne pourrais me soumettre... [1] »

Il est incorporé en mars 1914 comme sous-lieutenant au 87ᵉ régiment d'infanterie où devait le trouver la mobilisation. Jusque là, c'est à peine s'il peut s'abstraire des occupations militaires et tenter de mettre au point un roman, le premier roman, qui est resté en pays envahi à Saint-Quentin, si les feuillets n'en ont pas été dispersés par une main sacrilège. Il envisage cependant la fin de son service militaire :

« Cette année nouvelle verra ma libération ; la lutte commencera, mais suis-je suffisamment armé pour l'affronter la grande, la belle, celle que l'on livre pour une idée, un idéal, le renom de sa patrie, celle pour laquelle on vit et on meurt ! »

La patrie allait lui demander tout de suite ce sacrifice, la guerre éclate brusquement à ce moment.

Il allait entrer dans la lutte avec cet état d'esprit, ayant soif de se donner tout entier. En trois ans de combats, que de beaux caractères se sont forgés et se sont révélés, mais moins nombreux étaient ceux qui avaient de telles paroles sur les lèvres avant d'avoir été pétri par la guerre, ceux-ci étaient des victimes toutes prêtes qui n'avaient point à racheter.

**

C'est à Saint-Quentin que Camille Violand vit l'enthousiasme du départ de l'été 1914. Lui aussi est gai et plein d'espoir en cette minute tant attendue. Puis vinrent les

---

1. Lettre à H. Besnard, Amiens, 1ᵉʳ décembre 1913.

heures grises de la fin d'août : à Virton, grièvement blessé à la tête, après une demi-heure d'évanouissement, il reprend l'assaut en ralliant des hommes épars de tous les régiments : encore étourdi, il essaie d'expliquer au sous-lieutenant Rigaux l'étrange acuité d'esprit dont, se croyant tué, il avait conscience durant cet évanouissement. « Je n'eusse jamais cru que rien ne ressemblait tant à la vie que la mort ! » lui dit-il, comme halluciné.

Sa blessure est grave, il faut après cet effort trop intense l'évacuer aussitôt, il est envoyé à Limoges, à l'hôpital 104. Là, il apprend la retraite, souffre de l'humiliation commune, mais devine le sursaut de la race française, la victoire de la Marne. Au milieu de septembre, il obtient de retourner à son dépôt à Quimper, sur ses instances on consent à le laisser partir avec un mois de convalescence avant de rejoindre le front ; il garde son congé en poche et au lieu de se diriger vers l'arrière, il retourne directement rejoindre son régiment. Dès le lendemain, le régiment attaque, et le sous-lieutenant Violand est à nouveau blessé, à l'épaule cette fois. Il est évacué à Roanne ; au bout de quelques jours, n'y tenant plus, il repart, déchirant pour la seconde fois le congé de convalescence accordé.

Ce courage impose l'admiration, à deux reprises il est cité à l'ordre de l'armée.

Première citation (*Journal officiel* du 8 octobre 1914) :

« A conduit avec vigueur sa section au feu et a été blessé. »

Deuxième citation (Ordre de l'armée n° 33) :

« A conduit avec énergie sa section au feu près d'Houdrigny ; a été blessé au cours de l'action et évacué : un congé de convalescence d'un mois lui ayant été accordé, y a renoncé ; a rejoint son corps le 16 septembre dans la soirée, a été blessé à nouveau au combat du lendemain près de Servon. »

Il est enfin en octobre nommé lieutenant et décoré de la Légion d'honneur à 23 ans, le 2 novembre, avec cette *troisième citation* (*Journal officiel du 24 novembre 1914*) : « Blessé une première fois le 22 août est revenu sur le front, incomplètement guéri, et sans profiter d'un congé de convalescence qui lui avait été accordé. Blessé à nouveau, dès son retour, d'une balle qui lui a traversé l'épaule, en entraînant sa section dans une attaque de nuit, vient de revenir incomplètement guéri encore prendre sa place dans son unité, en donnant à tous, après l'exemple d'un très grand courage au feu, celui d'une indomptable énergie. »

Tout l'hiver dans les terribles bois de la Gruerie, il est tout entier à ses devoirs de chef et met son soin également à améliorer la vie misérable de ses hommes, faisant venir pour eux vêtements et chandails. Rien ne peut mieux montrer cette vie que les extraits nombreux de la correspondance de Camille Violand [1] durant cette pénible période d'une guerre de mine de tranchées à tranchées comme ceux du début en ont seuls connu.

Le jeune lieutenant commence tristement l'année 1915 : « ...En deux jours, j'ai fait plus de quarante lettres à des parents dont les fils ont été tués et qui me demandent des nouvelles. Les autres années, j'exprimais des souhaits à pareille époque, cette année je tâche de réconforter... » et malgré tout il a le courage chevillé dans le cœur : « ...Nous sommes au début d'un gros coup, qui j'espère sera le coup de grâce. Nous avons beau être fatigués, pour aller à l'assaut, nous avons tous des jambes de jeunes soldats... » et à mon frère, il écrivait : « ...Bonne chance ! Bon courage, je ne te le souhaite pas, ce serait te faire injure, car je suis persuadé que comme nous, vous en auriez à revendre. » [2]

---

1. Voir les nombreuses lettres de Camille Violand dans la *Jeunesse nouvelle*, édition 1917, par Henry Bordeaux, à laquelle nous ne pouvons que renvoyer.

2. Toutes ces lettres sont extraites de la correspondance de Camille Violand à Henri Besnard.

En février, fatigué par un effort trop soutenu, il va prendre part à l'offensive de Champagne avec sa compagnie, car depuis le mois de novembre, il fait fonction de capitaine. Dans le dernier mot que je reçus de lui, c'est par cette phrase qu'il termine, exprimant encore l'idée qui le domine tout entier, et qui le rend à nos yeux si digne d'être un exemple :

« ...Ecris-moi longuement..., parle-moi de la lutte qu'il faudra soutenir ensuite pour contribuer à faire notre France plus grande dans la paix comme nous l'aurons faite dans la guerre... [1] »

Le 4 mars, en face de Perthes-les-Hurlus, à l'assaut de la fameuse cote 196, il est frappé à la tête de ses hommes par une balle qui brise sa croix. En tombant, il gagne sa quatrième citation à l'ordre de l'armée :

« A trouvé une mort glorieuse le 4 mars en repoussant avec sa compagnie une contre-attaque ennemie et en infligeant de grandes pertes à l'ennemi. (Ordre de l'armée 227.) » Fait unique à cette date, d'un jeune officier ayant obtenu à la fois le grade, la croix et quatre citations à l'ordre de l'armée.

Rare souci de charité, il laissait un testament daté du 31 juillet 1914, où prévoyant sa mort à l'ennemi, il partageait sa fortune personnelle, disposant de quelques-uns de ses immeubles en faveur d'une filleule, enfant d'un de ses amis officier disparu depuis Charleroi ; donnant ses biens mobiliers, partie pour une bourse en faveur d'un jeune homme se destinant aux lettres ou aux arts, partie pour diverses fondations faites en mémoire de sa mère, pour des secours à des vieillards et des familles nombreuses et la fondation de trois lits dans un hôpital.

*
* *

Le général Humbel décrivant la popote d'officiers présidée

[1] 4 février 1915.

par un de ses neveux au début de 1915 [1], traçait ce portrait du lieutenant Violand.

« ...Le lieutenant Violand de la réserve, commandant de compagnie, esprit très cultivé, nature fière, ardente, énergique, d'une nervosité soigneusement entretenue... Il a été publié quelques-unes de ses lettres écrites d'une plume élégante, alerte et vibrante, où éclate une belle foi militaire et religieuse et qui révèlent une âme d'élite... » Et le général Humbel m'écrivait à moi-même : « Pour moi, j'avais été séduit par tout ce que je sentais vibrer chez ce jeune homme et bien que je n'aie eu que quelques heures à vivre en son attachante compagnie, j'en ai gardé un très vivant et très profond souvenir. »

Celui qui fut son capitaine, actuellement commandant un bataillon de chasseurs, m'envoyait tout récemment ce bel éloge : « Nombreux sont, hélas, les braves tombés au champ d'honneur et appartenant aux diverses unités dont j'ai exercé le commandement depuis le début de la campagne Mais ce que je puis affirmer, c'est qu'aucune mort ne m'a causé un plus profond chagrin que celle de ce cher Violand Sa mort héroïque suivit de quelques jours à peine la visite qu'avait bien voulu me faire son père, commandant alors une brigade de cavalerie dans nos parages. Le général Violand m'avait ce jour-là mis au courant des malheurs qui l'avaient cruellement frappé depuis peu.... Il terminait en me disant « Il ne me reste plus que mon cher fils ; je vous le recommande ; c'est un brave ; et j'espère que Dieu me le conservera. » Hélas ! huit jours après, Camille Violand tombait en héros...— ...Il consacrait les rares loisirs que lui laissaient les heures de bataille, à lire et surtout à écrire. En allant faire mes tournées dans le secteur, que de fois l'ai-je vu dans son abri de fortune, confiant ses pensées à quelque feuille de papier placé sur ses genoux, à défaut de table. Bien que souffrant fréquemment de la grave blessure qu'il avait reçue à Virton, en allant à l'assaut, il fournissait chaque

---

1. Impressions de tranchées. Le Correspondant, 10 janvier 1917, page 5.

jour une somme de travail intellectuel considérable, ce qui ne l'empêchait pas, d'ailleurs, de s'occuper avec un soin jaloux des plus petits détails de la vie matérielle de ses soldats dont il était adoré... De son vivant et malgré nos premiers revers, Violand n'a jamais douté un seul instant du succès final et du triomphe de nos armes. Sur sa tombe aussi l'on pourrait graver ces mots : « *Magna quies in magna spe.* »

Le commandant Henry Bordeaux lui a rendu le plus éclatant hommage, voyant en lui un des types de cette jeunesse étudiante, dont il ne reste guère que le plus sublime souvenir, après trois ans de lutte. Ce qui caractérise Camille Violand, c'est outre le plus rare courage militaire, ce besoin de se donner, de devenir un chef et d'en être digne et une sorte de soif mystique de sacrifice. N'a-t-il pas cette mentalité de l'avenir, qui n'était le partage que d'une élite de notre jeunesse intellectuelle, de précurseurs comme Psichari et quelques autres, qui ont retrouvé le fil conducteur un instant égaré et se reprennent à vouloir agir dans les règles strictes de tradition, d'ordre, de morale entre lesquelles ils se meuvent avec aisance, sachant leur rôle et acceptant ses responsabilités.

Camille Violand était un de ces êtres exceptionnels réunissant tous les caractères que doivent avoir les hommes de demain : *l'esprit de foi, la persévérance dans le travail et la volonté d'agir.*

Henri BESNARD.

Essai de bibliographie concernant Camille Violand.

— *La Revue Hebdomadaire* (nov. 1914) : « Les Nouveaux » par Henry Bordeaux.

Indépendant de l'Orne (20 déc. 1914). « Les Nouveaux », par Henri Besnard.

La Revue Hebdomadaire (26 juin 1915) : « La Jeunesse nouvelle », par Henry Bordeaux.

La Jeunesse nouvelle (1ʳᵉ édition, octobre 1915), par Henry Bordeaux. — Un vol. in-12, Plon-Nourrit, éditeur.

Le Correspondant (10 janvier 1917) : « Impressions de tranchées », par le général Humbel.

Anthologie des Ecrivains morts au champ d'honneur, par Carlos Larronde. (opuscule III), Camille Violand, — Larrousse, éditeur.

La Jeunesse nouvelle (févr. 1917), par Henry Bordeaux, édition nouvelle augmentée. — Un vol. à 3 fr. 50, Plon-Nourrit, éditeur.

Almanach de l'Orne (1918), Camille Violand, par Henri Besnard.

PER SILENTIA LUNÆ

Silence des jours lents et des nuits nonchalantes,
Où la lune aux étangs se reflète, bercée
Par la brise penchant les longs arbres, que hante
La chouette, qui fuit de son aile étouffée.

Silence des beaux soirs que, dans le crépuscule,
Eblouit en mourant le soleil radieux,
Et où, dans les grands bois, le rossignol module
Son chant ivre d'amour et dont vibrent les cieux.

O silence des champs où sur les blés soupire
Le souffle d'Aquilon, ondulant les épis.
Silence des forêts où l'on n'entend que bruire
La feuille frémissante aux zéphirs alanguis.

O silence divin ! Mon âme souffre, verse
A mon cœur douloureux tes charmes apaisants,
Tes murmures muets dont j'aime qu'on me berce.
Ta languide douceur dans l'être s'infusant !...

Oh ! être seul ! pouvoir entendre pleurer l'âme !
N'être distrait par rien, et penser à l'Aimée !
Etaler sa douleur sans crainte d'aucun blâme
Et sans qu'un importun sur la vie alarmée

Se penche curieux ! Ecouter l'eau qui fuit
Ainsi que mes beaux jours, sentir tout mon moi-même
Se diluer, s'épandre au calme de la nuit,
Oublier que j'existe et songer qu'Elle m'aime !...

Oh ! Dieu ! qu'un jour je sois, avec mes illusions,
A l'abri du sarcasme, en rêvant taciturne,
D'un éternel amour empli de ses visions
Sous les murmures lents du silence nocturne !...

25 juillet 1910.

LES LILAS SONT EN FLEURS...

Sur le rythme d'une pièce
de Th. de Banville.

Nous irons aux jardins, où les lilas en fleurs
Embaument les bosquets, que les amants chérissent
Et qui cachent les nids des merles persifleurs.
Près des grands murs croulants, que des jasmins lambrissent
Les lilas sont en fleurs ; et doux, sont les gradins
De mousse tapissés : Nous irons aux jardins
Où le printemps fini, les roses se flétrissent.
Les oiselets au nid narguent les oiseleurs :
La brise est amoureuse et les lilas fleurissent :
Nous irons aux jardins : les lilas sont en fleurs...

19 avril 1910

NOSTALGIE

Ce morne après-midi d'automne
Pourquoi mon cœur est-il si lourd ?
— Contre ma vitre monotone,
La pluie s'écrase d'un choc sourd...

Pourquoi, noir essaim des pensées
Tristes, venez-vous m'assaillir ?...
— L'averse inonde la chaussée,
La bise pleure ses soupirs...

Le cerveau vide, l'âme molle,
J'ai les yeux fixes, sans rien voir :
Tout le gris du ciel me désole
Et tue en mon âme l'espoir...

Morne comme un regret, s'élève
Sous mon front nu, la vision
— Vision pâle ainsi qu'un rêve —
De mon soleil, de ma Maison.

Comme d'une chose lointaine,
Que plus jamais je ne verrai,
Je me souviens de la fontaine
Dont l'eau, sombre miroir nacré,

Reflète la lumière blonde...
...Il faut que je me réfugie
En toi, mon Pays, loin du monde.
Mon cœur est fou de nostalgie...

J'aspire à ta bonne caresse,
O brise, brise de chez nous.
Source, je veux que ma paresse
Se berce à ton murmure doux.

Je veux entendre ta chanson,
Rêver à l'ombre de ton saule
Qui fait courir un long frisson
Sur ta moire, quand il te frôle.

Je veux marcher dans le soleil,
Errer dans le calme des bois,
Je veux cueillir le fruit vermeil,
Je veux voir, sur l'azur, ta croix.

Vieille tour, que le temps damasse ;
Je veux respirer la glycine
Qui s'enguirlande à la terrasse...
— Et quand diaphane mousseline

La brume au soir monte du val
Je veux entendre tous tes bruits,
Et les clochettes de cristal
Des troupeaux passant dans la nuit,

Et les adieux de l'Angelus,
Et aux creux, tes eaux mugissantes.
Je veux sentir l'odeur d'humus
Montant de tes gorges béantes.

Je veux voir émerger la lune
Et pâlir la voûte étoilée...
Je veux sans clameur importune,
Rêver de toi, ma bien-Aimée.

C'est ta lumière que je veux
O mon Rouergue ! — Et j'ai le terne
Ciel de ce pays odieux
Dont la platitude consterne...

Comme elle est loin, ma source chère!
Mon saule et ma vieille maison !
Ici mon ennui s'exaspère
A contempler cet horizon..

— L'essaim des funèbres pensées
Se pose avec le soir qui tombe.
Mes visions s'enfuient, chassées...
Mon espoir, trop lointain, succombe...

La pluie s'écrase d'un choc sourd
Contre ma vitre, monotone...
Mon Dieu, oh! que mon cœur est lourd
Ce morne après-midi d'automne.

Vouziers, 30 novembre 1910

Extrait du *Bulletin de la Société Historique de l'Orne*, Tome xxxvi
— Tirage à 25 exemplaires. —

Alençon. — Imprimerie Alençonnaise (Ass. Ouv.), 11, rue des Marcheries

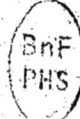

www.ingramcontent.com/pod-product-compliance
Lightning Source LLC
Chambersburg PA
CBHW061508170626
46811CB00004B/1656